Dodies
Phenomenal Pheesic

TRANSLATION OF ROALD DAHL'S
'GEORGE'S MARVELLOUS MEDICINE'
INTO SHETLAND DIALECT

BY

CHRISTINE DE LUCA

ILLUSTRATIONS BY

QUENTIN BLAKE

Translation © Christine De Luca, 2008

Published by *Inta Shetland,* in association with Hansel Cooperative Press, Bringagarth, Innertown, Stromness, Orkney KW14 3JP

Printed by Shetland Litho, Lerwick, Shetland, ZE1 0PX.

Grant aid from the Scottish Arts Council towards the production of this book is gratefully acknowledged.

Promoting Shetland Dialect

There's more to Roald Dahl than great stories ...

Did you know that 10% of author royalties, net of commission, associated with the production of this book go to help the work of the Roald Dahl charities?

The Roald Dahl Foundation supports specialist paediatric Roald Dahl nurses throughout the UK caring for children with epilepsy, blood disorders and acquired brain injury. It also provides practical help for children and young people with brain, blood and literacy problems – all causes close to Roald Dahl during his lifetime – through grants to UK hospitals and charities as well as to individual children and their families.

The Roald Dahl Museum and Story Centre, based in Great Missenden just outside London, is in the Buckinghamshire village where Roald Dahl lived and wrote. At the heart of the Museum, intended to inspire a love of reading and writing, is his unique archive of letters and manuscripts. As well as two fun-packed biographical galleries, the Museum boasts an interactive Story Centre. It is a place for the family, teachers and their pupils to explore the exciting world of creativity and literacy.

www.roalddahlfoundation.org   Registered Charity No 1004230
www.roalddahlmuseum.org   Registered Charity No 1085853

Dedication

For aa Shetland's glorious Grannies an Grandas.
Hit's göd ta sheeks!

Acknowledgements

Iris Sandison an Laureen Johnson ir baith bön a graet help wi dis project. Nor could hit a bön achieved ithoot da encouragement o Shetland ForWirds, or da enthusiasm o Tine Nielsen on behalf o da copyright holders. Tanks ir also due tae Alan Victor, Court Graphics, for designin da book an ta Bolts Car Hire for kindly bringin hit tae da bairns o Shetland!

Contents

Granny

'A'm gyaain tae da toon for da airrands,' Dodie's midder said ta him on Setterday moarnin. 'Sae, be a göd boy an dunna gyet up tae ony ploys.'

Dat wis a silly thing ta say tae a peerie boy at ony time. Richt awa hit med him winder whit kinda illtrickit wyes he micht gyet up tae.

'An dunna firyat ta gie Granny her pheesic at eleeven o'clock,' da midder said. Dan furt shö gud, closin da back door ahint her.

Granny, at wis neebin in her shair bi da window, oppened wan weekid peerie ee an said, 'Noo du heard whit dy midder said, Dodie. Dunna firyat mi pheesic.'

'Na, Granny,' Dodie said.

'An jöst try an behave deesel for eence while shö's awa.'

'Ya, Granny,' Dodie said.

Dodie hed naethin ta hadd him oot a langer. He hed nedder bridder nor sister. His faider wis a crofter an da croft dey bade on wis miles awa fae onywye, sae dey wir nivver ony bairns ta play wi. He wis tired o stoorin at grice an hens an kye an sheep. He wis

7

truly tired o haein ta bide i da sam hoose as dat grointin grötti-barrel o a Granny. Luikin tae her aa his lane wisna raelly da maist excitin wye ta spend a Setterday moarnin.

'Du can mak me a fine cup o tae for a start,' Granny said ta Dodie. 'Dat'll keep dee fae dy ill-vyndit wyes for a meenit or twa.'

'Ya, Granny,' Dodie said.

Dodie couldna but dislaek Granny. Shö wis a self-ish, ill-willied aald wife. Shö hed kinda broon teeth an a peerie snyippered-up mooth laek a dug's back-side.

'Foo muckle shuggar in your tae daday, Granny?' Dodie aksed her.

'Wan spön,' shö said. 'An nae mylk.'

Maist grannies is fine, kindly, obligin aald weemen, but no dis een. Aa day an ivery day, shö set her i da shair bi da window, an shö wis aye pleepsin, girnin, grummlin, grointin aboot somethin or idder. Nivver eence, even apön her best days, wis shö smiled at Dodie an said, 'Weel, foo's du dis moarnin, Dodie?' or 'Why do we no hae a game o Snakes an Ladders?' or 'Foo got du on at scöl daday?' Shö nivver seemed ta care aboot idder fock, only aboot hersel. Shö wis a nearbigyaain, nipsiccar aald nyaag.

Dodie gud trowe tae da but-end an med Granny a cup o tae wi a taebag. He pat wan spön o shuggar in hit an nae mylk. He steered da shuggar weel an kyerried da cup ben.

Granny sippit da tae. 'Hit's no sweet enyoch,' shö said. 'Pit mair shuggar in.'

Dodie took da cup back trowe tae da but-end an pat in anidder spönfoo o shuggar. He steered hit again

an kyerried hit peeriewyes trowe tae Granny.

'Whaar's da saacer?' shö said. 'I winna hae a cup ithoot a saacer.'

Dodie browt her a saacer.

'An whit aboot a taespön, if du plaeses?'

'A'm steered hit for you, Granny. I steered hit weel.'

'A'll steer mi ain tae, tanks aa da sam,' shö said. 'Fetch me a taespön.'

Dodie browt her a taespön.

Whan Dodie's fock wis at hame, Granny nivver flet apön him laek dis. Hit wis only whin shö hed him tae herself dat shö startit ill-traetin him.

'Du kens whit's da maitter wi dee?' da aald wife said, glowerin at Dodie owre da aedge o her taecup wi dat bricht weekid grice een. 'Du's *growin* owre quick. Boys dat growe owre fast end up glaikit an langsome.'

'But I canna help hit if A'm growin fast, Granny,' Dodie said.

'Of coorse du can,' shö snappit. 'Growin is a nesty bairnly habit.'

'But we *hae* ta growe, Granny. If we didna growe, we'd nivver be grown-ups.'

'Whittan bruck, boy,' shö said. 'Luik at me. Am I growin? Certainly no.'

'But you did eence, Granny.'

'Only *a peerie mootie coarn*,' da aald wife answered. 'I gae up growin whin I wis braaly peerie, alang wi aa da idder nesty bairnly habits laek bein a sloo an no ansin an bein gutsie an a slester an slushit an as tick as twa short planks. Du's nivver gien up ony o yon things, is du noo?'

'A'm still only a peerie boy, Granny.'

'Du's eicht year aald,' shö snushed. 'Dat's aald enyoch ta ken better. If du disna white growin shön, hit'll be owre late.'

'Owre late for whit, Granny?'

'Hit's nae sense ava,' shö gud on. 'Du's aa but as heich as me already.'

Dodie skoited at Granny. Shö certainly wis a *peerie mintie* boady. Her legs wis dat'n short shö hed ta hae a creepie ta pit her fit apön, an her head only cam half-gaets up da back o da shair.

'Faider says hit's fine for a man ta be a göd heicht,' Dodie said.

'White listenin tae dy faider,' Granny said. 'Listen ta me.'

'But foo dö I stop mesell growin?' Dodie aksed her.

'Aet less shocolate,' Granny said.

'Does shocolate mak you growe?'

'Hit maks you growe da *wrang wye*,' shö snappit. 'Up instead o doon.'

Granny sippit some tae but nivver liftit da een fae

da peerie boy at stöd afore her. 'Nivver growe up,' shö said. 'Aye doon.'

'Ya, Granny.'

'An white shamsin on shocolate. Aet kale instead.'

'Kale! Gadge! I dunna laek kale,' Dodie said.

'Hit's no whit du laeks or whit du disna laek,' Granny snappit. 'Hit's whit's göd for dee dat coonts. Fae noo on, du man aet kale tree times a day. A dose o kale! An if hit haes kalewirms athin hit, sae muckle da better!'

'Gadge,' Dodie said.

'Kalewirms gie you harns,' da aald wife said.

'Mam wishes dem doon da sink,' Dodie said.

'Dy midder is a dereeshion an aa,' Granny said.

'Kale disna taste o onythin ithoot twartree boiled kalewirms ithin hit. Slugs an aa.'

'No *slugs!*' Dodie cried oot. 'I couldna preeve slugs!'
'Whinivver I see a livin slug apön a laef o lettuce,'
Granny said, 'I glunsh hit quick afore he arls awa.
Deleecious.' Shö birsed her lips tagidder ticht sae

dat her mooth cam ta be a mintie lirkit-up hol.
'Deleecious,' shö said again. 'Wirms an slugs an
creepie clocks. Du disna ken whit's göd for dee.'
'Yon's jookerie-packerie, Granny.'
'I nivver joke' shö said. 'Clocks is maybe da best o
dem aa. Dey geeng *crump!*'
'Granny! Yon's solemn!'
Da aald hag smeegit, shaain yon kinda broon teeth.
'Sometimes, if you're canny,' shö said, 'you gyet a
clock inside a stick o celery. Dat's whit I laek.'
'Granny. Foo *could* you?'
'You fin aa kind a fine things in sticks o raa celery,'

13

da aald wife gud on. 'Sometimes hit's forkietails.'

'I dunna want to hear aboot hit!' cried Dodie.

'A muckle fat spurrytail is very tasty,' Granny said, lickin her lips. 'But, du haes ta be braaly quick, mi jewel, whin du pits een o dem i dy moo. He haes a pair o sharp nippers apön his back end an if he yocks a hadd o dy tongue wi dem, he nivver lat's hit geeng. Sae du man shampse da spurrytail first, *chop chop*, afore he shampses dee.'

Dodie startit ta aedge tae da door. He wantit ta gyet as far awa as he could fae dis pickit aald wife.

'Du's tryin ta gyet awa fae me, is'n du?' shö said, pointin a finger straicht at Dodie's face. 'Du's tryin ta gyet awa fae Granny.'

Peerie Dodie stöd bi da door stoorin at da aald hag i da shair. Shö glowered back at him.

Could hit be, Dodie windered, dat shö wis a witch? He wis aye tocht witches wis only in fairy tales, but noo he wisna sae sure.

'Come closser tae me, peerie ting,' shö said, waggin her hoarny finger at him. 'Come closser tae me an A'll tell dee *secrets*.'

Dodie didna muv.

Granny didna muv edder.

14

'I ken a hale dose o secrets,' shö said, an suddenly shö smiled. Hit wis a tin, icy smeeg, da kind a snake micht mak jöst afore he bites you. 'Come owre here ta Granny an shö'll hark secrets i dy lug.'

Dodie took a step backlins, aedgin closser tae da door.

'Du manna be gluffed bi dy aald Granny,' shö said, smeegin dat icy smile.

Dodie took anidder step backlins.

'Some o wis,' shö said, an aal o a sudden shö wis leanin fore owre in her shair an harkin in a crexy kind o voice Dodie wis nivver heard her ös afore.

'Some o wis,' shö said, 'hae magic pooers dat can twine da craiters o dis aert inta windrous shapes......'

Dodie felt a prickle o electricity gyaain doon ivery

tivlik o his riggy. He startit ta feel faert.

'Some o wis,' da aald wife gud on, 'hae fire on wir tongues an spunks i wir bellies an pooers i wir fingertips........ Some o wis ken secrets dat wid mak your hair staand straicht up on end an your een spoot oot o der sockets...'

Dodie wantit tae rin awa, but his feet felt laek dey wir stucken tae da flör.

'We ken foo ta mak your nails drap aff an teeth growe oot o your fingers instead.'

Dodie wis pipperin bi noo. Hit wis her face at gluft him maist ava, da frosty smeeg, da bricht unblinkin een.

'We ken foo ta hae you waaken i da moarnin wi a lang tail comin oot fae ahint you.'

'Granny!' he cried oot. 'White yon!'

'We ken secrets, mi jewel, aboot mirky places whaar mirky things bide an squirm an slidder aa owre een anidder.....'

Dodie med a dive for da door.

'Hit disna maitter foo far du rins,' he heard her sayin, 'du'll nivver win awa....'

Dodie ran inta da but-end, slammin da door ahint him.

Da Phenomenal Plan

Dodie set him doon at da table i da but-end. He wis shakkin a coarn. Oh, foo he hated Granny! He raelly *hated* dat horrid aald witchy wumman. An, aal of a sudden, he hed a grit urge ta *dö somethin* aboot her. Somethin *braaly big*. Somethin *totally terrific*. A *rael shocker*. A kinda explosion. He wantit ta blaa awa da witchy guff dat hang aboot her trowe by. He micht only a bön eicht year aald but he hed smeddum. He wis ready ta tak dis aald wife on.

'A'm no gyaain ta be faert o *her*,' he said tae himsel peerie-wyes. But he *wis* faert. An dat's why he wantit aal of a sudden ta explod her awa.

Weel.....no fairly awa. But he did want ta shak da aald wife up a coarn.

OK, dan. So whit sud hit be, dis undömious, speecial, explodin gluff for Granny?

He wid a laekkit tae a pitten a firewirk banger anunder her shair but he didna hae een.

He wid a laekkit tae a pitten a lang green snake doon da back o her froak but he didna hae a lang green snake.

He wid a laekkit tae a pitten six muckle black rats i

da room wi her an lockit da door but he didna hae
six muckle black rats.

As Dodie sat dere tinkin aboot dis interestin

problem, his ee fell apö da bottle o Granny's broon pheesic staandin apö da dresser. Gadgey maedit stuff hit seemed ta be. Fower times a day a grit spönfoo o hit wis shivvelled inta her mooth an hit nivver did her ony göd ava. Shö wis aye jöst as horrid eftir shö wis hed hit as shö'd bön afore. Da hale point o da pheesic, shurly, wis ta mak a boady better. If hit didna dö dat, dan hit wis jöst ösless.

So-ho! towt Dodie suddenly. *Ah-ha! Ho-hum!* I ken exactly whit A'll dö. I sal mak her a new pheesic, een at's dat'n strong an sae faerce an sae fantastic hit'll edder fairly cure her or blaa aff da tap o her head. A'll mak her a *magic mixter*, a pheesic nae doctor i da wirld is ivver med afore.

Dodie luikit at da but-end clock. Hit said five past ten. Dey wir nearly a oor left afore Granny's neist dose wis due at eleeven.

'Here we go, dan!' cried Dodie, jimpin up fae da table. 'A phenomenal pheesic hit sal be!'

'Sae, gie me a bug an a jimpin flea,
Gie me twa snails an lizards tree,
An a slooby squiggler fae da sea,
An da pooshinous swee fae a drummiebee,
An da juice fae da fruit o da ju-jube tree,
An da poodered bane o a wombat's knee.
An a hunder idder things as weel
Eens wi a kinda guffy smell.
A'll steer dem up, A'll boil dem lang,
A mixter tyoch, a mixter strang.
An dan, heigh-ho, an doon hit goes,
A muckle spönfoo (hadd your nose)
Jöst whilk hit doon an hae nae faer.
"Foo dö you laek hit, Granny dear?"
Will shö geng pop? Will shö explod?
Will shö geng fleein doon da rod?
Will shö geng poof in a puff o reek?
Start fizzin laek a can o Coke?
Wha kens? Not I. Lat's wait an see.
(A'm blyde hit's nedder dee nor me.)
Oh Granny, if you kent but noo
Whit A'm gotten in store for you!'

Dodie Starts ta Mak da Pheesic

Dodie took a grit munster o a pan oot o da press an pat hit apö da but-end table.

'Dodie!' cam da sprech fae da neist room. 'Whit's du döin?'

'Naethin, Granny,' he roared back.

'Du needna tink at I canna hear dee jöst becaas du laid da door tö! Du's dirlin da pans!'

'A'm jöst reddin up da but-end, Granny.'

Dan dey wir silence.

Dodie hed nae doots ava aboot foo he wis gyaain ta mak his famous pheesic. He wisna gyaain ta föl aboot winderin whedder ta pit in a peerie coarn o dis or a peerie coarn o dat. Hit wis fairly simple. He wis gyaain ta pit in AATHIN he could fin. Dey wid be nae muckin aboot, nae swidderin, nae winderin whedder a parteeclar thing wid caa da aald wife sideywyes or no. Da rule wid be dis: whitivver he saa, if hit wis runny or poodery or clatchy, in hit gud. Naebody wis ivver med a pheesic laek yon afore. If hit didna actually cure Granny, dey wid still be some excitin results. Hit wid be wirt watchin.

Dodie decided ta wirk his wye roond da various

rooms een at a time an see whit dey hed ta offer.

He wid geng first tae da bathroom. Dey wir aye locks o queer things in a bathroom. Sae up da stair he gud, kerryin da grit muckle twa-haandled pan afore him.

I da bathroom, he gaaned in a kinda virmished wye at da famous an dreeded press whaar da pheesic wis keepit. But he didna geng near hit. Hit wis da only thing i da hale hoose he wisna allooed ta touch. He wis med solemn promises tae his fock aboot dis an

he wisna gyaain ta brack dem. Dey wir things in dere, dey wir telt him, dat could actually kill a boady, an although he wis oot ta gie Granny a braaly fiery moothfoo, he didna raelly want a dead boady apön his haands. Dodie pat da pan apö da flör an gud ta wark.

Da first een wis a bottle labelled GOLDEN GUB-HAIR SHAMPOO. He emptied hit inta da pan. 'Dat owt ta wish her belly fine an clean,' he said.

He took a foo tube o TEETHPAEST an birsed oot da

hale lock o hit in wan lang wirm. 'Maybe dat'll brichten up yon horrid broon teeth o hers,' he said.

Dey wir a aerosol can o SUPERFOAM SHAVIN SOPP belangin tae his faider. Dodie laekkit playin wi aerosols. He pressed da button an keepit his finger apön hit till dey wir naethin left. A winderfil mountain o white froad biggit up i da giant pan.

Wi his fingers, he scoopit oot da contents o a jar o VITAMIN ENRICHED FACE CRAEM.

In gud a peerie bottle o scarlet NAIL VARNISH. 'If da teethpaest disna clean her teeth,' Dodie said, 'dan dis'll pent dem red as roses.'

He fan anidder jar o craemy stuff labelled HAIR REMOVER. KLINE HIT APÖN YOUR LEGS, hit said, AN LAEVE HIT FOR FIVE MEENITS. Dodie balled hit aa inta da pan.

Dey wir a bottle wi yalloo stuff athin hit caa'ed DISHWORTH'S FAMOUS DANDRUFF CURE. In hit gud.

Dey wir somethin caa'ed BRILLIDENT FOR CLEANIN FAAS TEETH. Hit wis a white pooder. In dat gud as weel.

He fan anidder aerosol can, NEVERMORE PONKIN DEODORANT SPRAY, GUARANTEED, hit said, TA KEEP AWA GUFFY BOADY SMELLS FOR A HALE DAY. Shö could ös a braa coarn o dat,' Dodie said as he sprayed da hale canfoo inta da pan. LIQUID PARAFFIN, da neist een wis caa'ed. Hit wis a muckle bottle. He hedna a clue whit hit did tae you, but he poored hit in onywye. Dat, he tocht, luikin aroond him, wis aboot aa fae da bathroom.

On his midder's dressin-table i da bedroom, Dodie fan yet anidder lovely aerosol can. Hit wis caa'ed HELGA'S HAIRSET. HADD TWAL INCHES AWA FAE DA HAIR AN SPRAY LICHTLY. He squirtit da hale lock inta da pan. He *fairly* enjoyed squirtin dis aerosols.

Dey wir a bottle o scent caa'ed FLOOERS O NEEPS. Hit stank o aald cheese. In hit gud.

An in, as weel, gud a muckle roond box o POODER. Hit wis caa'ed PINK PLESTER. Dey wir a pooder-puff apö da tap an he balled dat in an aa for luck.

He fan a couple o LIPSTICKS. He pooed da greesie red things oot o der peerie cases an plunkit dem i da mixter.

Da bedroom hed naethin mair ta offer, sae Dodie kyerried da grit muckle pan doonstair again an tip-pit trowe tae da back porch whaar da skelfs wis foo o aa kinda hoosehold gaer.

Da first een at he took doon wis a muckle box o SUPERWHITE FOR AUTOMATIC WISHIN-MACHINES. DIRT, hit said, 'LL DISAPPEAR LAEK MAGIC. Dodie didna ken whedder Granny wis automatic or no, but shö wis certainly a clerty aald wife. 'Sae shö'd better hae hit aa,' he said, ballin in da hale boxfoo.

Dan dey wir a muckle tinny o WAXWELL FLÖR POLISH. HIT REMOVES ELT AN FOUL MUCK FAE YOUR FLÖR AN LAEVES AATHIN SHEENY BRICHT, hit said. Dodie scoopit da orange-coloured waxy stuff oot o da tinny an plunkit hit athin da pan. Dey wir a roond cairdboard box markit FLECH POODER FOR DUGS. KEEP WEEL AWA FAE DA

27

DUG'S MAET, hit said, BECAAS DIS POODER, IF AETEN, 'LL MAK DA DUG EXPLOD. 'Göd,' said Dodie, poorin hit aa inta da pan.

He fan a box o CANARY SEED apö da skelf. 'Maybe hit'll mak da aald bird sing,' he said, an in hit gud.

Neist, Dodie hunsed trowe da box wi shoe-cleanin gaer – brushes an tinnies an cloots. Weel noo, he towt, Granny's pheesic is broon, sae *my* pheesic man be broon an aa or shö'll smell a rat. Da wye ta colour hit, he wrocht oot, wid be wi BROON SHOE-POLISH. Da muckle tinny he waeled oot wis markit DARK TAN. Speecial. He scoopit hit aa oot wi an aald spön an plunkit hit inta da pan. He wid steer hit up later on.

On his wye back tae da but-end, Dodie saa a bottle o GIN staandin apö da dresser. Granny wis braaly fond o gin. Shö wis allooed ta hae a peerie aer o hit ivery nicht. Noo he wid gie her a treat. He wid poor in da hale bottle. He did.

Back i da but-end, Dodie pat da muckle pan apö da
table an gud owre tae da press dey ösed as a larder.
Da skelfs wis stappit wi bottles an jars o ivery sort.
He waeled da followin an emptied dem wan eftir da
tidder inta da pan:

    A TINNY O CURRY POODER

    A TINNY O MUSTARD POODER

    A BOTTLE O 'EXTRY HOT' CHILLI SAUCE

    A TINNY O BLACK PEPPERCOARNS

    A BOTTLE O HORSERADISH SAUCE

'Dere!' he said alood. 'Dat sood dö hit!'

'Dodie!' cam da voice sprechin fae da neist room.
'Wha's du sheeksin tae in yondroo? Whit's du up
tae?'

'Naethin, Granny, absolutely naethin,' he shoutit
back.

'Is hit time for my pheesic yet?'

'No, Granny, no for aboot a half oor.'

'Weel, jöst see du disna firyat hit.'

'I winna, Granny,' Dodie answered. 'I promise I
winna.'

Animal Peels

At dis point, Dodie suddenly hed an extry göd wheeze. Although da pheesic cupboard i da hoose wis forbidden grund, whit aboot da pheesics his faider keepit apö da skelf i da shed neist tae da hen-hoose? Da animal pheesics?

Whit aboot *dem*?

Naeboady wis ivver telt him he manna touch *dem*.

Lat's face hit, Dodie said tae himsel, hair-spray an shavin-craem an shoe-polish is aa very weel an nae doot dey'll caas some splendid explosions inside da aald trooker, but whit da magic mixter needs noo is a touch o da rael stuff, rael peels an rael tonics, ta gie hit punch an muscle.

Dodie liftit up da heavy tree-quarter-foo pan an kyerried hit oot da back door. He gud across da yard an med for da shed bi da henhoose. He kent his faider widna be dere. He wis oot colin da hay i da mödow.

Dodie creepit inta da stoorie aald shed an pat da pan apö da bench. Dan he luikit up at da pheesic skelf. Dey wir five muckle bottles dere. Twa wis stappit wi peels, twa wis foo o runny stuff an een wis foo o pooder.

'A'll ös dem aa,' Dodie said. 'Granny needs dem. Boy, does shö need dem!'

Da first bottle he took doon hed orange-coloured pooder in hit. Da label said, FOR HENS WI FOUL PEST, HEN GRIPE, SORE NEBS, GAMMY LEGS, COCKERELITIS,

EGG TROUBLE, BROODINESS OR LOSS O FEDDERS. MIX WAN SPÖNFOO ONLY WI IVERY BUCKET O MAET.

'Weel,' Dodie said alood tae himsel as he poored in da hale bottlefoo, 'da aald bird winna be lossin ony fedders eftir shö's hed a dose o dis.'

Da neist bottle he took doon hed aboot five hunder gigantic maave peels in hit. FOR HORSES WI HAERSE TRAPPLES, hit said apö da label. DA HAERSE-TRAPPLED HORSE SUD SOOK WAN PEEL TWA TIMES A DAY.

'Granny maybe disna hae a haerse trot,' Dodie said, 'but shö certainly haes a sharp tongue. Maybe dey'll cure dat instead.' Inta da pan gud da five hunder gigantic maave peels.

Dan dey wir a bottle o tick yallooey liquid. FOR KYE, BULLS AN STOTS, da label said. Will cure

KYE POX, KYE MANGE, CRUMPLED HORNS, BAD BRAETH IN BULLS, SAIR LUGS, TEETHACHE, HEADACHE, HOOFACHE, TAILACHE AN SAIR YOODDERS.

'Dat ill-naitered aald coo i da ben room haes ivery wan o yon rotten illnesses,' Dodie said. 'Shö'll need hit aa.' Wi a swinkle an a glug, da yalloo liquid sloppit inta da noo nearly foo pan.

Da neist bottle wis foo o a bricht red liquid. SHEEPDIP, hit said apö da label. FOR SHEEP WI FITROT AN FOR GYETTIN RID O KEDS AN FLECHS. MIX WAN SPÖNFOO IN WAN GALLON O WATTER AN SWOOSH HIT OWRE DA SHEEP. CAUTION, DUNNA MAK DA MIXTER ONY STRONGER OR DA OO 'LL FAA OOT AN DA ANIMAL WILL BE NAKIT.

'My gori,' said Dodie, ' foo I'd love ta walk in an slop hit aa owre Granny an watch da keds an flechs geng jimpin affa her. But I canna. I manna. Sae, shö'll hae ta drink hit instead.' He poored da bricht red pheesic inta da pan.

Da hidmost bottle apö da skelf wis foo o pale green peels. GRICE PEELS, da label announced. FOR GRICE WI PORK PRICKLES, SAIR TROTTERS,

BIRSE BLICHT AN GRICE SEEKNESS. GIE WAN
PEEL PER DAY. IN SEVERE CASES TWA PEELS
MAY BE GIEN, BUT MAIR AS DAT 'LL MAK DA
GRICE ROCK AN ROLL.

'Jöst da stuff,' said Dodie, 'for dat scrunty aald grice
back dere i da hoose. Shö'll need a richt dose.' He
balled aa da green peels, hunders an hunders o dem,
inta da pan.

Dey wir an aald stick lyin apö da bunker dat wis bön
ösed for steerin pent. Dodie liftit hit up an startit ta
steer his claggy concoction. Da mixter wis as tick as

raem, an as he steered an steered, mony winderfil colours raise up fae da boddam an blended tagidder, pinks, blues, greens, yalloos an broons.

Dodie gud on steerin until hit wis aa weel mixed, but even so dey wir still hunders o peels lyin apö da boddam dat wisna meltit. An dere wis his midder's speecial pooder-puff flottin apö da tap. 'A'll hae ta boil hit aa up,' Dodie said. 'Wan göd quick ramp apö da stove is aa hit needs.' An wi dat he stunkit back tae da hoose wi da muckle heavy pan.

On da wye, he passed da garage, sae he gud in ta see if he could fin ony idder interestin things. He added da followin:

Half a pint o ENGINE OIL – ta keep Granny's engine rinnin smoothly.

Some ANTI-FREEZE – ta keep her radiator fae freezin up i da winter.

A nevfoo o GREESE – ta greese her creeksin joints. Dan back tae da but-end.

Da Cook-up

I da but-end, Dodie pat da pan apö da stove an turned up da gas flame anunder hit as heich as hit wid geng.

'Dodie!' cam da aafil voice fae da ben-end. 'Hit's time for mi pheesic!'

'No yet, Granny,' Dodie yalled back. 'Der still twinty meenits afore eleeven o'clock.'

'Whitan ill-trickit dirt is du up tae noo in yondroo?' Granny scriecht. 'I hear soonds.'

Dodie towt hit best no ta anse dis een. He fan a lang widden spön in a but-end drawer an began steerin herd. Da stuff i da pot got haeter an haeter.

Shön da marvellous mixter startit ta froad an foam. A bricht blue reek, da colour o peacocks, raise fae da tap o da liquid, an a fiery faersome guff filt da

but-end. Hit med Dodie host an sproot. Hit wis a nyiff unlaek ony he wis smelt afore. Hit wis a wild an witchy nyiff, spicy an swaappin, faerce an faerdy, foo o da pooers an trowie magic. Whinivver he got a whiff o hit up his neb, firecrackers gud aff in his skull an electric prickles ran alang da backs o his legs. Hit wis winderfil ta staand dere steerin dis amazin mixter an ta watch hit reekin blue an bubblin an froadin an foamin laek hit wis alive. At wan point, he could a sworn he saa bricht spunks flashin i da birlin froad.

Aal o a sudden, Dodie fan himsel jiggin aroond da ploopin pot, chantin uncan wirds dat cam inta his

head oot o naewye:

'Fiery broth an witch's brew
Foamy froad an riches blue
Sproot an sproan an spindrift spray
Fizzle swizzle shout hooray
Watch hit swinklin, swaashin, swillin
Hear hit hissin, squishin, spissin
Granny better start ta pray.'

Broon Pent

Dodie turned aff da haet anunder da pan. He man laeve plenty time for hit ta cöl doon.

Whan aa da steam an froad wis gien awa, he keekit inta da muckle pan ta see whit colour da grit pheesic wis noo. Hit wis a deep an brilliant blue.

'Hit needs mair broon in hit,' Dodie said. 'Hit jöst man be moorit or shö'll start ta jalouse.'

Dodie ran furt an spritit inta his faider's toolshed whaar aa da pent wis keepit. Dey wir a row o cans apö da skelf, aa colours, black, green, red, pink, white an broon. He rekkit for da can o broon. Da label said jöst DARK BROON GLOSS PENT WAN QUART. He took a screwdriver an prised aff da lid. Da can wis tree-quarter foo. He yockit hadd o hit an tör back tae da but-end. He poored da hale lock inta da pan. Da pan wis noo lipperin. Peerie-wyes, Dodie steered da pent inta da mixter wi da lang widden spön. Ah-ha! Hit wis aa turnin broon! A fine rich craemy moorit!

'Whaar's dat pheesic o mine, boy?!' cam da voice fae da ben-end. 'Du's firyat me! Du's döin hit on purpose! I sal tell dy midder!'

'A'm no firyat you, Granny,' Dodie yalled back. 'A'm tinkin o you aa da time. But der still ten meenits ta geng.'

'Du's a nesty peerie maedit objik!' da voice scriecht back. 'Du's a langsome an ill-trickit peerie wirm, an du's growin owre fast.'

Dodie fetched da bottle o Granny's richt pheesic fae

da dresser. He took oot da cork an tippit hit aa doon da sink. Dan he filt da bottle wi his ain magic mixter bi demmellin a peerie jug inta da pan an ösin hit for poorin. He pat da cork back i da bottle.

Wis hit cöled doon enyoch yit? No richtly. He hüld da bottle anunder da caald tap for a couple o meenits. Da label cam aff i da weet but dat didna maitter. He dichtit da bottle wi a swab.

Aa wis noo raedy!

Dis wis hit!

Da grit moment wis come!

'Pheesic time, Granny!' he roared oot.

'I sud hope so an aa,' cam da nyargy reply.

Da siller tablespön dat aye wis ösed for takkin pheesic lay raedy apö da but-end dresser. Dodie pickit hit up.

Haddin da spön in ee haand an da bottle i da tidder, he med for da ben-end.

Granny Gyets da Pheesic

Granny wis sittin in a cröl i da shair bi da window. Shö keepit her wicked peerie een clos apö Dodie as he crossed da room towards her.

'Du's late,' shö snippit.

'I dunna tink I am, Granny.'

'Dunna interrupt me i da haert o a sentence!' shö scriecht.

'But you wir feenished your sentence, Granny.'

'Dere du goes again!' shö sprecht. 'Aye interruptin an traepin. Du raelly is a peerie trooker. Whit's da time?'

'Hit's exactly eleeven o'clock, Granny.'

'Du's leein as usual. White spaekin aa yon an gie me mi pheesic. Shak da bottle first. Dan poor hit inta da spön an mak sure hit's a hale spönfoo.'

'Are you gyaain ta glaep hit aa doon in wan go?' Dodie aksed her. 'Or will you tak hit a coarn at a time?'

'Whit I dö is nane o dy business,' da aald wife said. 'Fill da spön.'

As Dodie took oot da cork an startit braaly peeriewyes ta poor da tick broon stuff inta da spön, he couldna help tinkin back apön aa da mad an marvellous things dat wis gien inta da makkin o dis weird stuff – da shavin sopp, da hair remover, da dandruff cure, da automatic wishin-machine pooder, da flech pooder for dugs, da shoe polish, da black pepper, da horseradish sauce an aa da rest o dem, ithoot a mention o da powerful animal peels an pooders an liquids ... an da broon pent.

'Oppen your mooth wide, Granny,' he said, 'an A'll pop hit in.'

Da aald lipper oppened her peerie lirkit mooth, shaain disgustin pale broon teeth.

'Here we go!' Dodie cried oot. 'Swaally hit doon!' He pushed da spön weel inta her mooth an tippit da mixter doon her trot. Dan he steppit back ta watch da result.

Hit wis wirt watchin.

Granny sprecht *'Oweeeee!'* an her hale boady shot up *whoosh* inta da air. Hit wis jöst as if someen wis pushed a electric wire anunder her shair an snickit on da pooer. Up shö gud laek a jack-i-da-box... an shö didna come doon ... shö bade dere ... hingin i mid air ... aboot twa fit up ... as if shö wis still sittin... but stiff as a board... stivvened... pipperin...

da een spootin ... da hair staandin straicht up on end.

'Is onythin da maitter, Granny?' Dodie aksed her politely. 'Are you aa richt?'

Hingin up dere in space, da aald wife wis beyond wirds.

Da gluff dat Dodie's phenomenal pheesic wis gien her man a bön tremendious.

You wid a tocht shö wis swaallied a red-hot poker da wye shö took aff fae dat shair.

Dan doon shö cam again wi a *plop*, back inta her saet.

'Gyet da fire brigade!' shö scriecht suddenly. 'Mi muggie's on fire!'

'Hit's jöst da pheesic, Granny,' Dodie said. 'Hit's göd strang gaer.'

'Fire!' da aald wife yalkit. 'Fire doon below! Gyet a pel! Man da hoses! Dö somethin quick!'

'Cöl hit, Granny,' Dodie said. But he got a bit o a dunt whin he saa da reek comin oot o her mooth an oot o her nosetirls. Cloods o black reek wis comin oot o her neb an blaain aroond da room.

'Glory be, you raelly ir on fire,' Dodie said.

'Of coorse A'm on fire!' shö scriecht. 'A'll be collcoomed! A'll be fried tae a frazzle! A'll be rampit laek a beetroot!'

Dodie ran inta da but-end an cam back wi a jug o watter. 'Oppen your mooth, Granny!' he cried. He could jöst scrime her trowe da reek, but he managed ta poor half a jugfoo doon her trot. A sweein soond, da kind you gyet if you hadd a haet fryin-pan anunder a caald tap, cam up fae deep doon in Granny's stamach. Da aald trooker bolted an swaandered an snurtit. Shö fetched an cruttled. Spoots o watter cam sprootin oot o her. An da reek cleared awa.

'Da fire's oot,' Dodie announced proodly. 'You'll be aa

richt noo, Granny.'

'*Aa richt?*' shö yalled. 'Wha's *aa richt?* Der jimpin-jacks i mi puggie. Der squigglers i mi belly! Der bangers i mi boddam!' Shö startit ta dirl up an doon i da shair. Hit wis aesy ta see at shö wisna aa dat comfy.

'You'll fin hit's döin you a lock o göd, yon pheesic, Granny,' Dodie said.

'*Göd?*' shö flet. 'Döin me *göd?* Hit's *killin* me!'

Dan shö began ta bag oot laek a puddin.

Shö wis swaallin.

Shö wis laek ta spret aa owre!

Someen wis pumpin her up, dat's whit hit luikit laek!

Wis shö gyaain tae explod?

Her face wis turnin fae maave ta green!

But hadd on! Shö hed a puncture somewye!

Dodie could hear da hiss o escapin air. Shö whet swaallin. Shö wis gyaain doon. Shö wis gyettin tinner again, peerie-wyes, crimpin in tae her croppened aald sel.

'Foo's things, Granny?' Dodie said.

Nae anse.

Dan a queer thing happened. Aal o a sudden

Granny's boady gied a sharp whenk an a yark an shö flippit hersel clean oot o da shair an landit prunk-lik apön her twa feet apö da mat.

'Dat's terrific, Granny!' Dodie cried. 'You're no won tae your fit for years! Luik at you! You're staandin up aa on your ain an you're no even usin a staff!'

Granny didna even hear him. Da frozen pop-eyed luik wis back wi her again noo. Shö wis miles awa in anidder wirld.

Phenomenal pheesic, Dodie telt himsel. He wis fair stumpsed staandin dere watchin whit hit wis döin tae da aald hag. Whit neist? he windered.

He shön fan oot.

Aal o a sudden shö began ta growe.

Hit wis braaly slow ta start wi ... jöst inchin up peeriewyes ... up, up, up ... inch bi inch ... gyettin heicher an heicher ... aboot an inch ivery twartree seconds ... an ta start wi Dodie herdly noticed hit.

But whan shö wis gien farder as da five fit six mark an wis gyaain on up ta bein six fit tall, Dodie gie a jimp an scriecht, 'Hey, Granny! You're *growin*! You're *gyaain up*! Hing on, Granny! You'd better white noo or you'll be hittin da twartbaaks!'

But Granny didna white.

Hit wis a truly fantastic sicht, dis ancient wizzened aald wife gyettin heicher an heicher, langer an langer, tinner an tinner, as if shö wis a piece o elastic bein pooed upwards bi invisible haands.

When da tap o her head actually touched da ceilin,

Dodie towt shö man white.

But shö didna.

Dey wir a kinda scrunchin noise, an bits o plester an cement cam styoochin doon.

'Wid you no white noo, Granny?' Dodie said. 'Dad's

jöst hed dis hale room repented.'

But dey wir nae stoppin her noo.

Shön, her head an shooders wis completely disappeared trowe da ceilin an shö wis still gyaain.

Dodie nippit up da stair tae his attic bedroom an

dere shö wis comin up trowe da flör laek a paddock-stöl.

'Whoopee!' shö baawled, finnin her voice at last. 'Hallelujah, here I come!'

'Tak paece, Granny,' Dodie said.

'Wi a heigh-nonny-no an up we go!' shö baawled. 'Jöst watch me growe!'

'Dis *my* room,' Dodie said. 'Luik, you're layin hit sindry.'

'Terrific pheesic!' shö sprecht. 'Gie me some mair!'

Shö's as daft as a doofie, Dodie tocht.

'Come on, boy! Gie me some mair!' shö yalled. 'Dish hit oot! A'm slowin doon!'

Dodie wis still haddin fast tae da pheesic bottle in wan haand an da spön i da tidder.

Oh weel, he tocht, why no? He poored oot a second dose an poppit hit inta her mooth.

'*Oweee!*' shö scriecht an up shö gud again. Her feet
wis still apö da flör doonstair i da ben-end but her
head wis mövin fast up tae da röf i da laft.
'A'm on mi wye noo, boy!' shö roared doon ta Dodie.
'Jöst watch me geeng!'
'Yon's da rafters abön you, Granny!' Dodie shoutit
oot. 'I'd bide oot o dere! Hit's foo o flechs an fishy-
flees!'
Crash! Da aald wife's head gud trowe da plester as

if hit wis butter.
Dodie stöd in his bedroom glowerin at aathin laid in
akker. Dey wir a muckle hol i da flör an anidder i

da ceilin plester, an stickin up laek a post atween da twa wis da middle pairt o Granny. Her legs wis i da room below, her head i da rafters.

'A'm still gyaain!' cam da aald scriechy voice fae up abön. 'Gie me anidder dose, mi boy, an lat's geeng trowe da röf!'

'Na, Granny, na!' Dodie shoutit back. 'You're brakkin up da hael hoose!'

'Ta heck wi da hoose!' shö shoutit. 'A'm wantin some fresh air! A'm no bön ootside for twinty year!'

'O, my gori, shö *is* gyaain trowe da röf!' Dodie telt himsel. He ran doon da stair. He gud furt in a styooch inta da yard. Hit wid be jöst solemn, he tocht, if shö laid da röf in smiddereens an aa. His faider wid be tirn. An he, Dodie, wid gyet da blame.

He wis med da pheesic. *He* wis gien her owre muckle. 'Dunna come trowe da röf, Granny,' wis Dodie's göd wirds. 'Please dunna.'

Da Broon Hen

Dodie stöd i da yard luikin up at da röf. Da aald crofthoose hed a fine tiled röf an heich shimleys.

Dey wir nae sign o Granny. Dey wir jöst a stirlin sittin apö wan o da shimley-pots, sheerlin. Da aald witch is shurly stucken i da rafters, Dodie tocht. Tank goodness for dat.

Aal o a sudden a tile cam dirlin doon fae da röf an fell inta da yard. Da stirlin took aff fast an flew awa.

Dan anidder tile cam doon.

Dan half a dizzen mair.

An dan, peeriewyes, laek some vyld munster risin up fae da deep, Granny's head cam trowe da röf ...

Dan her scrawny neck ...

An da taps o her shooders ...

'Foo am I döin, boy!' shö scriecht. 'Foo's dat for a steer up?'

'Dö you no tink at you sud white noo, Granny?' Dodie shoutit oot ...

'A'm whet!' shö answered. 'I feel terrific! Didna I tell dee at I hed magic pooers! Didna I warn dee I hed da pooers i da points o mi fingers! But du widna

listen ta me ava, wid du? Du widna hark tae dy aald
Granny!'

'*You* didna dö hit, Granny,' Dodie shoutit back ta her.

'*I* did hit! I med you a new pheesic!'

'A *new pheesic*? *Dee*? Whittan bruck!' shö bröled.

'I did! I did!' Dodie shoutit.

'Du's leein laek du aye döes!' Granny yalled 'Du's aye leein!'

'A'm no leein, Granny. I swear A'm no.'

Da lirkit aald face heich up apö da röf glowered doon suspeeciously at Dodie. 'Is du tellin me at du actually med a new pheesic aa on dy ain?' shö scriecht.

'Ya, Granny, aa on mi ain.'

'I dunna believe dee,' shö answered. 'But A'm braaly comfy up here. Fetch me a cup o tae.'

A broon hen wis paekin aboot i da yard clos ta whaar Dodie wis staandin. Da hen gae him a idee. Quick, he wheecht da cork oot o da pheesic bottle an poored some o da broon gaer inta da spön. 'Watch dis, Granny!' he shoutit. He croogit doon, haddin oot da spön tae da hen.

'Hen,' he said, 'tuk-tuk-hen. Come dee wis. Hae du

57

some o dis.'

Hens is stupid birds, an braaly gutsy. Dey tink aathin is maet. Dis een tocht da spön wis foo o coarn. Shö hoppit owre. Shö pat her head ta ee side an luikit at da spön. 'Come du, hen,' Dodie said. 'Göd hen. Tuk-tuk-tuk.'

Da broon hen rekkit oot her craig tae da spön an gud *paek.* Shö got a nebfoo o pheesic.

Da effect wis electric.

'*Oweee!*' sprecht da hen an boltit straicht up i da air laek a rocket. Shö gud as heich as da hoose.

Dan doon shö cam again inta da yard, *platsh.* An dere shö set her, wi her fedders aa stickin straicht oot fae da boady. Dey wir

a queer luik apö da silly face. Dodie stöd watchin her. Granny up apö da röf wis watchin her an aa.

Da hen stöd til her fit. Shö wis stotterin aboot. Shö wis makkin queer quilkin soonds in her trot. Her neb wis oppenin an shuttin. Shö seemed a braaly pör-aamos hen.

'Du's dön for her, du stupid boy!' Granny scriecht.

'Dat hen is had hit! Dy faider'll be eftir dee noo!
He'll buggiflay dee an serves dee richt!'
Aal o a sudden, black reek startit poorin oot o da
hen's neb.

'Shö's on fire!'
Granny yalled. 'Da hen's on fire!' Dodie ran tae da
watter-troch ta gyet a daffik o watter.
'Dat hen'll be reestit an ready for aetin any meenit!'
Granny shoutit.
Dodie höved da daffik o watter owre da hen. Dey
wir a sizzlin soond an da reek gud awa.

'Aald hen's laid her hidmost egg!' Granny shoutit.
'Hens dunna dö ony layin eftir der bön on fire!'
Noo dat da fire wis oot, da hen seemed a coarn
better. Shö stöd til her fit. Shö flappit her wings.

Dan shö croogit doon low tae da grund, as if gyettin ready ta jimp. Shö did jimp. Shö loupit heich i da air an tirled da cat, richt roond, dan landit back apön her feet.

'Shö's a circus hen!' Granny shoutit fae da craahead. 'Shö's a bloomin acrobat!'

Noo da hen startit ta growe.

Dodie wis bön waitin for dis ta happen. 'Shö's growin!' he scriecht. 'Shö's growin, Granny! Luik, shö's growin!'

Bigger an bigger ... heicher an heicher shö grew. Shön da hen wis fowr or five times her normal size.

'Can you see her, Granny?!' Dodie shoutit.

'I can see her fine, boy!' da aald scunner shoutit back. 'A'm watchin her!'

Dodie wis aff a leg an on a leg pipperin wi excitement, pointin at da undömious hen an shoutin, 'Shö's hed da phenomenal pheesic, Granny, an shö's growin jöst laek you did!'

But dey wir a differ atween da wye da hen wis growin an da wye Granny wis growin. When

Granny grew heicher an heicher, shö got tinner an tinner. Da hen didna. Shö bade fine an plump aa alang.

Shön shö wis heicher as Dodie, but shö didna stop dere. Shö gud richt on growin till shö wis aboot as heich as a horse. Dan shö stoppit.

'Disna shö luik jöst winderfil, Granny!' Dodie shoutit.

'Shö's no as heich as me!' Granny sang oot. 'Compared wi me, dat hen is peerie mintie!' A'm da heichest o dem aa!'

Da Grice, da Stots, da Yowes, da Horse an da Nanny-goat

Richt at dat moment, Dodie's midder came back wi her airrands fae da toon. She drave her car inta da yard an got oot. Shö wis kerryin a bottle o mylk in ee haand an a bag o messages i da tidder.

Da first thing shö saa wis da grit muckle broon hen tooerin owre peerie Dodie. Shö drappit da bottle o mylk.

Dan Granny startit yallin at her fae da craahead, an whan shö luikit up an saa Granny's head stickin up trowe da tiles, shö drappit da bag o airrands.

'Foo aboot dat dan, eh Mary?' Granny shoutit. 'A'll bet du's nivver seen a hen as big as dat! Dat's Dodie's giant hen, dat is!'

'But ... but ... but ...' Dodie's midder mantit.

'Hit's Dodie's phenomenal pheesic!' Granny shoutit. 'Wir baith o wis hed hit, me an da hen!'

'But foo on aert did you win up apö da röf?' cried da midder.

'I didna!' cackled da aald wife. 'Mi feet is still staandin apö da flör i da ben-end.'

Dis wis owre muckle for Dodie's midder ta gyet a

hadd o. Shö jöst guggled an gaaned. Shö luikit laek shö wis gyaain ta faa asoond.

A peerie meenit later, Dodie's faider appeared. His name wis Mr Killy Kranky. Mr Kranky wis a peerie man wi baandy legs an a muckle head. He wis a kindly faider tae Dodie, but he wisna aesy ta live wi becaas even da mintiest things got him fairly raised an owre-end. Da hen staandin ithin da yard wis certainly no a peerie thing, an when Mr Kranky saa her he startit loupin aboot as though somethin wis brunt his feet. 'Grit heavens!' he skirled, wappin his airms. 'Whit's dis? Whit's happened? Whaar did shö come fae? Shö's a munstrous hen! Wha did hit?'

64

'I did,' Dodie said.

'Luik at *me*!' Granny scriecht fae da röftap. 'Nivver leet da hen! Whit aboot *me*?'

Mr Kranky luikit up an saa Granny. 'Shut up, Granny,' he said. Hit didna seem ta surprise him dat da aald wife wis stickin up trowe da röf. Hit wis da hen dat excitit him. He wis nivver seen onythin laek hit. But dan wha wis?

'Shö's speecial!' Mr Kranky shoutit, dancin roond an roond. 'Shö's a braa size! Shö's undömious! Shö's tremendious! Shö's a miracle! Foo did du dö hit, Dodie?'

Dodie startit tellin his faider aboot da phenomenal pheesic. While he wis döin dis, da muckle broon hen set her doon i da middle o da yard an gud *tuk-tuk-tuk … tuk-tuk-tuk-tuk-tuk*.

Aaboady glowered at her.

When shö stöd til her fit again, dey wir a broon egg lyin dere. Da egg wis da size o a fitbaa.

'Dat egg wid mak scrambled eggs for twinty fock!' Mrs Kranky said.

'Dodie!' Mr Kranky shoutit. 'Foo muckle o dis pheesic does du hae?'

'A braa coarn,' Dodie said. 'Der a muckle pan-foo i

da but-end, an dis bottle here's nearly foo.'

'Come dee wis wi me!' Mr Kranky yalled, yokkin a hadd o Dodie's airm. 'Bring da pheesic! For years an years A'm bön tryin ta breed bigger an bigger animals. Muckle stots for beef. Muckle grice for pork. Muckle yowes for mutton ...'

Dey gud tae da pigsty first. Dodie gied a spönfoo o pheesic tae da grice. Da reek stöd fae da tröni o da grice an shö spanged aa aboot da place. Dan shö startit ta growe an growe.

Eftir aa dat, shö luikit laek dis ....

Dey gud tae da park foo o fine black baess dat Mr Kranky wis tryin ta fatten for da roup.
Dodie gied ivery een o dem some pheesic, an dis whit happened ...

Dan da yowes ...

He gied some tae his grey horse, Jack Frost ...
An hidmost, jöst for a spree, he gied some tae Alma,
da nanny-goat ...

A Crane for Granny

Granny, fae heich up apö da craahead, could see aathin dat wis gyaain on an shö didna laek whit shö saa. Shö wantit aaboady ta be luikin at her an naeboady wis budderin aboot her ava. Dodie an Mr Kranky wir rinnin aroond an gyettin kinda owreend aboot da undömious animals. Mrs Kranky wis wishin lem i da but-end, an Granny wis aa her lane apö da röftap.

'Hey!' shö yalled. 'Dodie! Gyet me a cup o tae dis meenit, du langsome peerie lipper!'

'Nivver leet da aald goat,' Mr Kranky said. 'Shö's stucken whaar shö is an a göd thing hit is an aa.'

'But we canna laeve her up dere, dad,' Dodie said. 'Whit if hit rains?'

'Dodie!' Granny yalled. 'Oh, du nesty peerie boy! Du disgustin peerie wirm! Fetch me a cup o tae richt noo an kline me a bit o hufsi!'

'We'll hae ta gyet her oot, dad,' Dodie said. 'Shö'll nivver gie wis ony paece if we dunna.'

Mrs Kranky cam furt an shö agreed wi Dodie. 'Shö's mi ain midder,' shö said.

'Shö's a pain i da neck,' Mr Kranky said.

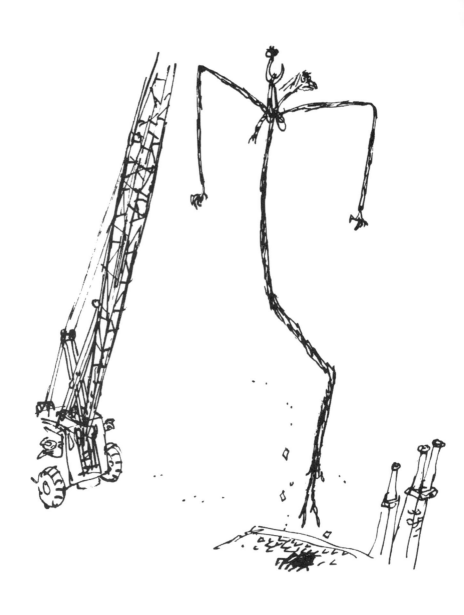

'A'm no carin,' Mrs Kranky said. 'A'm no laevin mi ain midder stickin up trowe da röf for da rest o her life.'

Sae, i da end, Mr Kranky phoned da Crane Company an aksed dem ta send der biggest crane oot tae da hoose at wance.

Da crane cam wan oor later. Hit wis apö wheels an dey wir twa men inside hit. Da crane men clam up apö da röf an pat ropps anunder Granny's oxters. Dan shö wis liftit richt up trowe da röf ...

In a wye, da pheesic wis dön Granny göd. Hit wis no med her ony less trumsket or ill-willied, but hit seemed tae a cured aa her creeks an her spaigie, an aal o a sudden shö wis as filskit as a firret. As shön as da crane wis lowered her tae da grund, shö med a sprit for Dodie's muckle horse, Jack Frost, an jimpit up apön his back. Dis ancient, aald runtie-boadie, noo as heich as a hoose, dan skelpit aboot da croft apö da muckle horse, loupin owre gairden trees an lambie-hooses an scriechin, 'Oot a my wye! Clear da decks! Staand back aa you trowie trookers or A'll hae you truckit ta daeth!' an idder daft things laek dat.

But becaas Granny wis bi noo far owre wenglit ta gyet back inta da hoose, shö hed ta sleep dat nicht i da barn wi da mice an da rats.

Mr Kranky's Graet Idee

Da neist day, Dodie's faider cam doon ta brakfast mair pipperin wi excitement as ever afore. 'A'm bön waaken aa nicht tinkin aboot hit!' he cried.

'Aboot whit, dad?' Dodie aksed him.

'Aboot dy phenomenal pheesic, of coorse! We canna white noo, mi lad! We man start makkin mair o hit richt noo! Mair an mair an mair!'

Da muckle pan wis bön completely emptied da day afore becaas dey wir dat mony yowes an grice an baess ta be dosed.

'But why dö we need mair, dad?' Dodie aksed. 'Wir dön aa wir ain animals an wir med Granny feel as filskit as a firret even though shö does hae ta sleep athin da barn.'

'Mi dear boy,' cried Mr Killy Kranky, 'we need barrels an barrels o hit! Tons an tons! Dan we'll sell hit tae ivery fairmer i da wirld sae dat dey can aa hae munsters o animals! We'll bigg a Phenomenal Pheesic Factory an sell da stuff in bottles at five pound a time. We'll be möld-rich an du'll come ta be aert-kent!'

'But wait a meenit, dad,' Dodie said.

'Der nae waitin!' skirled Mr Kranky, gyettin dat owre-steer he pat butter athin his coffee an mylk apön his toast. 'Can du no see whit dis tremendious invention o dine is gyaain ta dö tae da wirld! Naeboady 'll ivver geeng fantin again!'

'Why winna dey?' aksed Dodie.

'Becaas wan giant coo 'll gie fifty pels o mylk a day!' cried Mr Kranky, wappin his airms. 'Wan munstrous hen 'll mak a hunder fried shicken denners, an wan giant grice 'll gie you a thoosand pork chops! Hit's tremendious, mi jewel! Hit's fantastic! Hit'll change da wirld.'

'But, hadd on a meenit, dad,' Dodie said again.

'White sayin hadd on a meenit!' scriecht Mr Kranky. 'Der no a meenit ta wait! We man gyet crackin richt awa!'

'Takk paece, mi dear,' Mrs Kranky said fae da idder

end o da table. 'An white pitten marmalade apö dy coarnflakes.'

'Ta heck wi mi coarnflakes!' cried Mr Kranky, jimpin up fae his shair. 'Come on, Dodie! Lat's gyet mövin! An da first thing we'll dö is mak wan mair panfoo as a tester.'

'But dad,' said peerie Dodie. 'Da trouble is …'

'Dey'll be nae trouble, mi boy!' cried Mr Kranky. 'Whit wye could dey possibly be ony budder? Aa du haes ta dö is pit da sam stuff i da pan as du did yesterday. An while du's döin hit, A'll write doon each an ivery item. Dat's foo we'll gyet da magic recipe!'

'But dad,' Dodie said. 'Please listen tae me.'

'Why does du no listen tae him?' Mrs Kranky said. 'Da boy's tryin ta tell dee somethin.'

But Mr Kranky wis owre excited ta listen ta onyboady forbye himsel. 'An dan,' he cried, 'whan da new mixter is ready, we'll test hit oot apön a aald hen jöst ta mak absolutely sure wir gotten hit richt, an eftir dat we'll aa shout hooray an bigg da muckle factory!'

'But, dad …'

'Come on dan, whit is hit du's wantin ta say?'

'I canna mind aa da hunders o things I pat inta da

pan ta mak da pheesic,' Dodie said.

'Of coorse du can, mi jewel,' cried Mr Kranky. 'A'll help dee! A'll twig dy memory! Du'll gyet hit yet, see if du disna! Noo dan, whit wis da very first thing du pat in?'

'I gud up tae da bathroom first,' Dodie said. 'I ösed a lock o things i da bathroom an apö Mammy's dressin-table.'

'Come on, dan!' cried Mr Killy Kranky. 'Up we geeng tae da bathroom!'

Whan dey got dere, dey fan, of coorse, a hale lock o empty tubes an empty aerosols an empty bottles.

'Dat's graet,' said Mr Kranky. 'Dat tells wis exactly whit du ösed. If onythin is empty, hit means du ösed hit.'

Sae Mr Kranky startit writin a line o aathin dat wis empty i da bathroom. Dan dey gud tae Mrs Kranky's dressin-table. 'A box o pooder,' said Mr Kranky, writin hit doon. 'Helga's hairset. Flooers o Neeps scent. Terrific. Dis gyaain ta be aesy. Whaar gud du neist?'

'Tae da back porch,' Dodie said. 'But ir you sure you're no missed oot onythin up here, dad?'

'Dat's up ta dee, mi jewel,' Mr Kranky said. 'Am I?'

'I dunna tink hit,' Dodie said. Sae doon dey gud tae da back porch an eence mair Mr Kranky wrat doon da names o aa da empty bottles an tinnies. 'My Michty, whitna haep o stuff du ösed!' he scriecht. 'Nae winder hit did magic things! Is yon hit aa?'

'Na, dad, hit's no,' Dodie said, an he led his faider oot tae da shed whaar da animal pheesics wis keepit an shaad him da five muckle empty bottles apö da skelf. Mr Kranky wrat doon aa der names.

'Onythin idder?' Mr Kranky aksed.

Peerie Dodie cloored his head an tocht an tocht but he couldna mind pittin onythin idder in.

Mr Killy Kranky spanged inta his car an drave doon tae ta toon an bowt new bottles an tubes an tinnies o aathin apö da list. Dan he gud tae da vet an got a

82

coarn mair o aa da animal pheesics at Dodie wis ösed.
'Noo shaa me foo du did hit, Dodie,' he said. 'Come
dee wis. Shaa me richtly foo du mixed dem aa tagid-
der.'

Phenomenal Pheesic Number Two

Dey wir i da but-end noo an da muckle pan wis apö da stove. Aa da things at Mr Kranky wis bowt wis lined up near da sink.

'Come dee wis, mi lad!' cried Mr Killy Kranky. 'Whit een pat du in first?'

'Dis een,' Dodie said. 'Golden Gub Hair Shampoo.' He emptied da bottle inta da pan.

'Noo da teethpaest,' Dodie gud on..... 'An da shavin sopp ..... an da face craem ..... an da nail varnish .....'

'Keep at hit, mi lad!' cried Mr Kranky, birlin roond da but-end. 'Keep pittin dem in! Dunna white! Dunna salist for a meenit! Dunna had sae! Hit's most horrid fine, mi jewel, ta watch dee wirkin!'

Wan bi wan, Dodie poored an birsed da things inta da pan. Wi aathin sae closs ta haand, da hale job took him nae mair as ten meenits. But whan hit wis aa dön, da pan didna somehoo seem ta be fairly as foo as hit wis bön da first time.

'Noo whit did du dö?' cried Mr Kranky. 'Did du steer athin hit?'

'I boiled hit,' Dodie said. 'But no for lang. An I

84

steered hit up as weel.'

Sae Mr Kranky got da pan apö da haet an Dodie steered da mixter wi da sam lang widden spön he wis ösed afore.

'Hit's no broon enyoch,' Dodie said. 'Hadd on! I ken whit A'm firyat.'

'Whit?' cried Mr Kranky. 'Tell me, quick! Becaas if wir firyat even wan peerie mootie coarn dan hit winna wirk! At laest, no i da sam wye.'

'A quart o broon gloss pent,' Dodie said. 'Dat's whit A'm firyat.'

Mr Killy Kranky gied furt in a styooch an inta his car laek a rocket. He skelpit doon tae da toon an bowt da pent an fled back again. He oppened da tinny i da but-end an haanded hit ta Dodie. Dodie poored da pent inta da pan.

'Ah-ha, dat's better,' Dodie said. 'Dat's mair laek da richt colour.'

'Hit's rampin!' scriecht Mr Kranky. 'Hit's rampin an froadin, Dodie! Is hit ready yet?'

'Hit's ready,' Dodie said. 'At laest I hoop hit is.'

'Richt!' yalled Mr Kranky, hoppin aboot. 'Lat's test hit! Lat's gie a coarn tae a hen!'

'My gori, can you no aese up wi dis?' Mrs Kranky

said, comin but.

'*Aese up?*' cried Mr Kranky. 'You lippen me ta *aese up* an here we ir mixin up da graetest pheesic ivver fun i da history o da wirld! Come dee wis, Dodie! Demmel a cupfoo oot o da pan an gyet a spön an we'll gie some tae a hen jöst ta mak fairly sure wir gotten da richt mixter.'

Ootside i da yard, dey wir twartree hens dat wirna hed ony o Dodie's Phenomenal Pheesic Number Wan. Dey wir paekin aboot i da aert in dat daft wye dat hens dö.

Dodie gud doon apön his hookers, haddin oot a spönfoo o Phenomenal Pheesic Number Two. 'Come on, hen,' he said. 'Göd hen. Tuk-tuk-tuk.'

A white hen wi black spricklit fedders luikit up at Dodie. Shö strampit owre tae da spön an gud *paek*. Da wye dat Pheesic Number Two wrocht apö dis hen wis no fairly da sam as da wye dat Pheesic Number

Wan wis wrocht, but hit wis very interestin.
'*Whooosh!*' sprecht da hen an shö loupit six fit i da
air an cam doon again. Dan spunks cam fleein oot o
her neb, bricht yalloo firey *spunks*, as if someen wis
sharpenin a tully apön a grindin-stane inside her
belly. Dan her legs startit ta growe langer. Her
boady bade da sam size but da twa tin yalloo legs
got langer an langer an langer … an still langer ….
'Whit's happenin tae her?' cried Mr Killy Kranky.
'Somethin's gien wrang,' Dodie said.
Da legs gud on growin an da mair dey grew, da
heicher up i da air gud da hen's boady. Whan da
legs wis aboot fifteen fit lang, dey stoppit growin.
Da hen luikit braaly queer-laek wi her lang lang
legs an her oardinar peerie boady sittin heich up
apö da tap. Shö wis laek a hen apö stilts.
'Oh my gori!' cried Mr Killy Kranky, 'Wir gotten hit
wrang! Dis hen's nae göd tae onyboady! Shö's aa
legs! Naeboady wants hens' legs!'
'I man a left somethin oot,' Dodie said.
'I *ken* du left somethin oot!' cried Mr Kranky. 'Tink,
boy, tink! Whit wis hit du left oot?'
'A'm gotten hit!' said Dodie.
'Whit wis hit, quick?'

'Flech pooder for dugs,' Dodie said.

'Du means du pat *flech* pooder i da first een?'

'Ya, dad, I did dat. A hale carton o hit.'

'Dan dat's da answer!'

'Hadd on a meenit,' said Dodie. 'Did we hae broon

shoe polish apö wir list?'

'No we didna,' said Mr Kranky.

'I ösed dat an aa,' said Dodie.

'Weel, nae *winder* hit gud wrang,' said Mr Kranky.
He wis already rinnin tae his car, an shön he wis
headin doon tae da toon ta buy mair flech pooder an
mair shoe polish.

Phenomenal Pheesic Number Tree

'Here hit is!' scriecht Mr Killy Kranky, pinnin inta da but-end. 'Wan carton o flech pooder for dugs an wan tinny o broon shoe polish!'

Dodie poored da flech pooder inta da muckle pan. Dan he scoopit da shoe polish oot o hits tinny an pat dat in as weel.

'Steer hit up, Dodie!' shoutit Mr Kranky. 'Gie hit anidder boil! Wir gotten hit dis time! A'll warn wir gotten hit!'

Eftir Phenomenal Pheesic Number Tree wis bön boiled an steered, Dodie took a cupfoo o hit oot inta da yard ta try hit apön anidder hen. Mr Kranky cam loupin eftir him, wappin his airms aboot an jimpin wi excitement. 'Come an watch dis een!' he cried oot ta Mrs Kranky. 'Come an watch wis turnin a oardinar hen inta a lovely grit muckle een dat lays eggs da size o a fitbaa!'

'I hoop you dö better as da hidmost time,' said Mrs Kranky, trippin oot ahint dem.

'Come on, hen,' said Dodie, haddin oot a spönfoo o Pheesic Number Tree.

'Göd hen. Tuk-tuk-tuk-tuk-tuk. Hae some o dis fine

pheesic.'

A splendid black cockerel wi a red cock's comb cam steppin owre. Da cock luikit at da spön an he gud paek.

'*Cock-a-doodle-doo!*' squawkit da cockerel, shuttin up inta da air an comin doon again.

'Watch him noo!' cried Mr Kranky. 'Watch him growe! Ony meenit he's gyaain ta start gyettin bigger an bigger!'

Mr Killy Kranky, Mrs Kranky an peerie Dodie stöd i da yard starin at da black cockerel. Da cockerel stöd stock still. He luikit laek he wis gotten a sair head.

'Whit's happenin tae his craig?' Mrs Kranky said.

'Hit's gyettin langer,' Dodie said.

'A'll say hit's gyettin langer,' Mrs Kranky said.

For eence, Mr Kranky said naethin.

'Da hidmost time hit wis da legs,' Mrs Kranky said. 'Noo hit's da craig. Wha wants a hen wi a lang neck? You canna aet a hen's neck.'

Hit wis a most unlaekly sicht. Da cockerel's boady wisna growen ava. But da craig wis noo aboot six fit lang.

'Aa richt, Dodie,' Mr Kranky said. 'Whit else is du firyat?'

'I dunna ken,' Dodie said.

'Oh yes du does,' Mr Kranky said. 'Come dee wis, boy, *tink*. Der laekly jöst wan

vital thing missin an du haes ta mind hit.'

'I pat in some engine oil fae da garage,' Dodie said.

'Did you hae dat apön your line?'

'Eureka!' scriecht Mr Kranky. 'Dat's da answer! Foo muckle pat du in?'

'Half a pint,' Dodie said.

Mr Kranky spanged tae da garage an fan anidder half pint o oil. 'An a aer a anti-freeze,' Dodie roared eftir him. 'I slooshed in a coarn o anti-freeze.'

Phenomenal Pheesic Number Fower

Back i da but-end eence mair, Dodie, wi Mr Kranky on a amp an aye skoitin at him, tippit half a pint o engine oil an some anti-freeze inta da muckle pan.

'Boil hit up again!' cried Mr Kranky. 'Boil hit an steer up ithin hit!'

Dodie boiled hit an steered hit.

'Du'll nivver gyet hit richt,' said Mrs Kranky. 'Dunna firyat hit's no jöst haein da sam things but du haes ta hae dem in exactly da sam *amounts*. An foo on aert can du dö dat?'

'Keep du oot o dis!' scriecht Mr Kranky. 'Wir döin fine! Wir gotten hit dis time, see if wir no!'

Dis wis Dodie's Phenomenal Pheesic Number Fower, an whan hit wis bön rampin for a couple o meenits, Dodie eence mair kyerried a cupfoo o hit oot inta da yard. Mr Kranky ran eftir him. Mrs Kranky cam ahint kinda peerie-wyes. 'You're gyaain ta hae some braaly queer-laek hens roond here if you geng on laek dis,' shö said.

'Dish hit oot, Dodie!' cried Mr Kranky. 'Gie a spön-foo tae dat een owre yondroo!' He pointit tae a broon hen.

Dodie gied doon apön his hookers an hüld oot da spön wi da new pheesic in hit. 'Tuk-tuk,' he said. 'Try a coarn o dis.'

Da broon hen oagit owre an luikit at da spön. Dan shö gud paek.

'*Owch!*' shö said. Dan a queer whaasellin noise cam oot o her neb.

'Watch her growe!' shoutit Mr Kranky.

'Dunna be sae sure,' said Mrs Kranky. 'Why is shö whaasellin laek yon?'

'Hadd dy wheest, wumman!' scriecht Mr Kranky. 'Gie her a chance!'

Dey stöd dere wi der een fixed apö da broon hen.

'Shö's gyettin peerier,' Dodie said. 'Luik at her, dad. Shö's shrucken.'

An shö fairly wis. In less as a meenit, da hen wis shrucken sae muckle shö wis nae bigger as a peerie day-aald shicken. Shö luikit ridiculous.

Cheerio Granny

'Der still somethin du's left oot,' Mr Kranky said.

'I canna tink whit hit micht be,' Dodie said.

'White aa dis,' Mrs Kranky said. 'Gie hit up. You'll nivver gyet hit richt.'

Mr Kranky luikit braaly dumpised.

Dodie luikit kinda dumpised an aa. He wis still doon apön his hookers wi da spön in ee haand an da cup foo o pheesic i da tidder. Da peerie mootie daft-laek broon hen wis oagin awa.

Jöst dan, Granny cam stendin inta da yard. Fae her undömious heicht, shö glowered doon at da tree fock below her an shö baalled oot, 'Whit's gyaain on aroond here? Why is naeboady browt me mi moarnin cup o tae? Hit's bad enyoch haein ta sleep i da yard wi da rats an mice but der nae wye A'm gyaain ta fant as weel! Nae tae! Nae eggs an bacon! Nae toast klined wi butter!'

'A'm sorry, mam,' Mrs Kranky said. 'Wir bön dat trang. A'll gyet you somethin richt awa.'

'Lat Dodie gyet hit, da peerie langsome lipper!' Granny shoutit.

Jöst dan, da aald wife spied da cup in Dodie's haand.

Shö booed her doon an skoitit inta hit. Shö saa dat hit wis foo o broon liquid. Hit luikit braaly laek tae. 'Ho-ho!' shö scriecht. 'Ha-ha! Sae dat's dy jookerie-

packerie, is hit! Du fairly luiks eftir dysel, does'n du! Du fairly maks sure *du's* gotten a fine cup o tae! But du nivver tocht ta bring een tae dy pör aald Granny! I aye kent du wis a selfish grice!'

'Na, Granny,' Dodie said. 'Dis isna ...'

'Dunna lee ta me, boy!' da graet muckle aald hag baalled. 'Pass hit up here dis meenit!'

'Na!' cried Mrs Kranky. 'Na, midder, dunna! Yon's no for you!'

'Noo *du's* fornenst me an aa!' shoutit Granny. 'Mi ain dowter tryin ta stop me haein mi brackfast! Tryin ta laeve me fantin!'

Mr Kranky luikit up at da horrid aald wife an he smeegit. 'Of coorse hit's for you, Granny,' he said. 'You takk hit an quilk hit doon while hit's fine an haet.'

'Dunna tink I winna,' Granny said, bendin doon fae her graet heicht an rekkin oot a muckle hoarny haand for da cup. 'Haand hit owre, Dodie.'

'Na, na, Granny!' Dodie cried oot, pooin awa da cup. 'You manna! You're no ta preeve hit!'

'Gie hit ta me, boy!' yalled Granny.

'Dunna!' cried Mrs Kranky. 'Yon's Dodie's Phenomenal . . .'

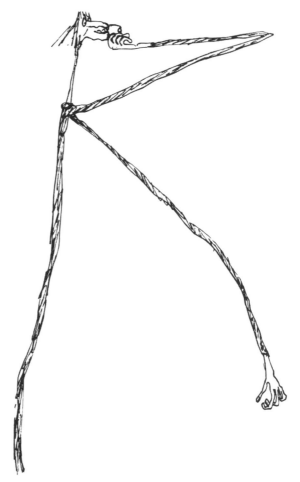

'Aathin's Dodie's roond here!' scriecht Granny.
'Dodie's dis, Dodie's dat! A'm fed up wi hit!' Shö
yarkit da cup oot o peerie Dodie's haand an kyerried
hit up heich oot o his rekk.
'Drink hit up, Granny,'
Mr Kranky said, wi a richt
smeeg apön his face. 'Fine tae.'

'Na!' da idder twa cried. 'Na, na, na!'

But hit wis owre late. Da aald beanpole wis already pitten da cup tae her lips, an in wan quilk shö swaallied da hale lock.

'Midder!' yowled Mrs Kranky. 'You're jöst drucken fifty doses o Dodie's Phenomenal Pheesic Number Fower an luik whit wan mintie spönfoo did tae dat peerie aald broon hen!'

But Granny didna even hear her. Graet cloods o steam wis already poorin oot o her mooth an shö wis startin ta whistle.

'Dis gyaain tae be interestin,' Mr Kranky said, still smeegin.

'Noo, du's dön hit!' cried Mrs Kranky, glowerin at her man. 'Du's cookit da aald leddy's goose!'

'I nivver did onythin,' Mr Kranky said.

'Oh, ya, dat du did! Du telt her ta drink hit!'

A whaanious hissin soond wis comin fae abön der heads. Steam wis shuttin oot o Granny's mooth an neb an lugs an whistlin as hit cam.

'Shö'll feel da better o lattin aff a coarn o steam,' Mr Kranky said.

'Shö's gyaain ta blaa up!' Mrs Kranky oobit. 'Her boiler's gyaain ta explod!'

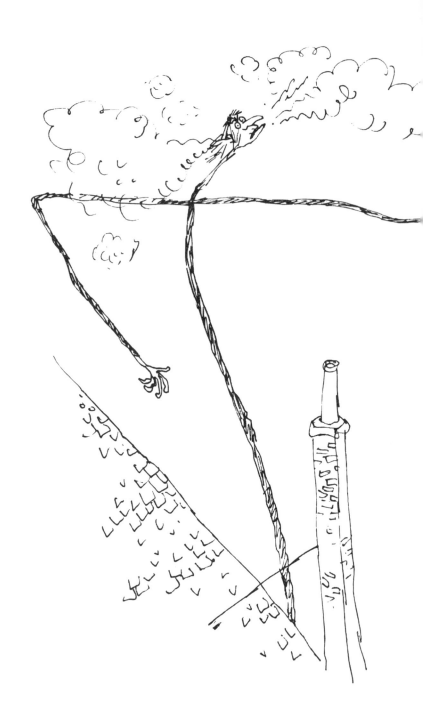

'Staand back,' Mr Kranky said.

Dodie wis braaly gluffed. He stöd up an steppit back a coarn. Da jets o white steam keepit skeetin oot o da skinny aald trooker's head, an da whistlin wis dat'n heich an piercin hit wis laek ta daev dem.

'Gyet da fire-brigade!' cried Mrs Kranky. 'Gyet da police! Man da hose-pipes!'

'Hit's owre late,' said Mr Kranky, luikin plaesed.

'Granny!' scriecht Mrs Kranky. 'Mam! Rin tae da

watter-troch an pit your head anunder da watter!'
But even as shö spack, da whistlin stoppit all o a
sudden an da steam gud awa. Dat wis whan
Granny startit ta gyet peerier. Shö wis startit aff wi
her head as heich as da röf o da hoose, but noo shö
wis comin doon fast.

'Watch dis, Dodie!' Mr Kranky roared, loupin aroond
da yard an flaachterin his airms. 'Watch whit
happens whan someen's hed fifty spönfoos instead o
wan!'

Shön enyoch, Granny wis back tae öswal heicht.

'Stop dere!' cried Mrs Kranky. 'Yon's jöst richt.'

But shö didna stop. Peerier an peerier shö got ...
doon an doon shö gud. In anidder half a meenit shö

wis nae bigger as a bottle o juice.

'Foo dö you feel, mam?' aksed Mrs Kranky, kinda apön a amp.

Granny's peerie mootie face still wör da sam freskit, frimsit luik hit wis aye hed. Her een, nae bigger noo as peerie keyhols, wis blazin wi rage. 'Foo dö I *feel*?'

shö yalled. 'Foo dö you *tink* I feel? Foo wid *you* feel if you'd bön a glorious giant ee meenit an dan aal o a sudden you're a miserable mite o a ting?'

'Shö's still gyaain!' shoutit Mr Kranky, plaesed wi himsel. 'Shö's still gyettin peerier!'

An bi mi feth, shö wis.

Whin shö wis nae bigger as a fag, Mrs Kranky yokit a hadd o her. She hüld her in her löf an shö scriecht, 'Foo dö I stop her gyettin ony peerier?'

'Du canna,' said Mr Kranky. 'Shö's hed fifty times da richt amount.'

'I *man* stop her!' Mrs Kranky oobit. 'I can hardly scrime her as hit is!'

'Catch a hadd o ivery end an poo,' Mr Kranky said.

Bi dan, Granny wis da size o a matchstick an still shrinkin fast.

A meenit later, shö wis nae bigger as a preen …

Dan a coarn puckle …

Dan …

Dan …

'Whaar is shö?' cried Mrs Kranky. 'A'm lost her!'

'Hooray!' said Mr Kranky.

'Shö's gien! Shö's disappeared aatagidder!' cried Mrs Kranky.

'Dat's whit happens tae you if you're trumsket an ill-willied,' said Mr Kranky. 'Fine pheesic, dat, Dodie.' Dodie didna ken whit ta tink.

For twartree meenits, Mrs Kranky keepit traipsin roond wi a queer luik apön her face, sayin, 'Midder, whaar ir you? Whaar you gien? Whaar you won tae? Foo can I fin you?'

But shö cam tae hersel quick enyoch. An, bi denner time, shö wis sayin, 'Ah weel, I suppose hit's aa for da best, raelly. Shö wis a braa budder aroond da hoose, wis shö no?'

'Ya,' Mr Kranky said. 'Shö most certainly wis.'

108

Dodie saidna a wird. He wis braaly shakky. He kent somethin whaanious wis taen place dat moarnin. For twartree meenits he wis touched wi da very points o his fingers da aedge o a magic wirld.

Der maybe twartree wirds you're no wint wi in dis story.

Whit's your favourite eens?

TRANSLATIN is fun an der nae richt wyes an wrang wyes o döin hit! An you'll fin interestin differences in Shetland i da wye we spaek.

Can you tink o idder Shetland wyes o writin bits o dis story? (Akse your granny or someen else's granny!)

WHIT'S your favourite Quentin Blake pictir i dis book? Maybe you could draa lik yon?